하늘 향기
더듬어

하늘 향기 더듬어

박은숙 지음

좋은땅

목차

1부 내 사랑은

(3부) 감이 익어 갈 즈음

4부 엄마를 부르는 날

내 사랑은

내 기도가

내 기도가
깊은 밤 풀숲에서
온몸으로 노래하는
풀벌레들의 울음소리만큼
절절하다면
하늘까지 가 노래가 될 수 있을까

내 기도가
아무도 보는 이 없는
후미진 산골짜기에서도
숨은 향기 피우는 꽃처럼
꾸밈없다면
하늘까지 가 꽃처럼 피어날 수 있을까

내 기도가
밤하늘 쳐다보며
눈물짓는 이들과

함께 밤을 지새우는 별처럼
따뜻하다면
하늘까지 가 별처럼 빛날 수 있을까

내 사랑은

내 사랑은
저 하늘 높이 뜬 태양 같지만
나와 가까이 있고 싶어
햇살로 내려오십니다

내 사랑은
저 하늘 멀리 구름 같지만
나와 가까이 있고 싶어
빗방울로 내려오십니다

내 사랑은
저 하늘 맴도는 바람 같지만
나와 가까이 있고 싶어
숨결로 내려오십니다

노래하는 새

비가 오고
바람 불어도

노래하는 새는
노래를 하지

몸은 젖고
바람에 날려도

고운 님
알려 주신

사랑의 노래
결코 잊지 않지

누구시길래

그대 눈 속에 깃들어 사는 이
누구시길래
당신의 눈빛 그리 고운가요

그대 가슴에 깃들어 사는 이
누구시길래
당신의 품은 그리 넓은가요

그대 영혼에 깃들어 사는 이
누구시길래
당신의 향기 그리 감도나요

하늘 향기 더듬어

돌 틈 사이
한 줌 빛만 있어도

돌 틈 사이
한 줄기 바람만 있어도

돌 틈 사이
한 방울 이슬만 있어도

나는 눈 못 뜬 어린 강아지
더듬더듬 어미 품 찾아가듯

하늘 향기 더듬어, 더듬어

돌 틈 사이 해맑은
꽃이 되겠네

나는 모릅니다

나는 모릅니다
눈물도 말라 버린 이 슬픔을
언제까지 안고 살아가야 하는지를
그러나 나는 압니다
지금은 내가 모르지만
그분의 깊은 뜻이 있다는 것을

나는 모릅니다
가도 가도 보이지 않는
이 길의 끝이 어디인지를
그러나 나는 압니다
죽는 날까지 믿으며
이 길을 따라가야 한다는 것을

나는 모릅니다
도무지 헤아릴 길 없는
이 어둠의 깊이를

그러나 나는 압니다
어떤 어둠이라도
빛이 오면 모두 사라진다는 것을

낮달

사랑이
나를 두고
아주
가 버린 줄 알았습니다

그분을

날마다 살아가는 일이
먹구름같이 나를 짓눌러도

여름 한낮 소나기 쏟아지면
두 발 첨벙거리며 뛰어나가는
해맑은 아이처럼

나도 빗속으로 오시는
그분을 만났으면 좋겠네

날마다 알 수 없는 일들이
실타래같이 나를 휘감아도

고치를 뚫고 날아오르는 나방처럼

나도 붉은 저녁놀 사이로 오시는
그분을 만났으면 좋겠네

그분밖에는

사람들은 말하지요
나더러 무지렁이라고
그래요, 나는 무지렁이
그분밖에는
알지 못하는
참무지렁이예요

사람들은 말하지요
나더러 가난뱅이라고
그래요, 나는 가난뱅이
그분밖에는
가진 것 하나 없는
참가난뱅이예요

사람들은 말하지요
나더러 애송이라고
그래요, 나는 애송이

그분밖에는
의지할 아무 힘도 없는
참애송이예요

까치 소리로

까치 소리 들리면
마음 괜히 설레고
반가워져

그리운 이!
하고 불러보면

예서 제서
까치 소리로 응답하는

쩡한 당신

가난한 이의 기도

당신은 가난한 이가 드리는
부끄러운 마음을 알아주는 분이시니

제가 당신을 사랑한다고 고백할 때
저의 가장 큰 슬픔 가운데서 드리는
고백임을 기억해 주소서

제가 당신을 믿는다고 고백할 때
저의 가장 어둔 밤 가운데서 드리는
고백임을 기억해 주소서

깊은 통곡 가운데서 드리는
순결한 고백만이
제가 가진 전부이기 때문입니다

그 한마디

메마르고 거칠었던 날은
제 안에 사랑이 없어서가 아니라
사랑이 있는 줄 몰라서라고 말씀해 주소서
그러면 그 한마디가
사랑의 마중물 되어
저를 샘솟게 할 것입니다

어긋나고 비뚤어진 날은
제가 어리석어서가 아니라
어려서 그렇다고 말씀해 주소서
그러면 그 한마디에
저는 겨자씨처럼 자라 큰 나무 되어
하늘의 새들이 깃들게 될 것입니다

사납고 날카로웠던 날은
제 마음이 악해서가 아니라
약해서라고 말씀해 주소서

그러면 그 한마디에

저는 포도나무에 단단히 붙어 있는 가지처럼

많은 열매를 맺을 것입니다

다시 쓰러져도

오늘도
목숨만 간신히 건진 채
당신께로 왔습니다

당신이 주신
창과 방패는 써 보지도 못하고
피투성이 된 병사처럼
절룩이며 제가 왔습니다

당신 앞에 부끄러운 모습
이제 더는 싫어
그만 물러나길 청했더니

쓰러져도 다시 일어날 수 있으면
부끄러움 아니라 하시고
죽더라도 무릎 꿇지 않으면
죽음이 아니라 하십니다

당신이 안 계신다면

나는 무엇일까요
내 안에서 보고
내 안에서 듣는
당신이 안 계신다면

나는 무엇일까요
내 안에서 냄새 맡고
내 안에서 맛을 보는
당신이 안 계신다면

내 안에서 숨을 쉬고
내 안에서 기뻐하는
당신이 안 계신다면

나는 빈껍데기
나방이 벗어 놓은
빈 허물일 거예요

당신이 있었으므로

어두운 밤
달같이 떠 있는
당신이 있어
두렵지 않았습니다

기나긴 겨울
봄 햇살 같은
당신이 있어
지나왔습니다

사랑이란 언어 대신
함께라는 믿음 하나로

나의 지난날들은
다 축복이었습니다

당신이 있었으므로
당신이 내게 있었으므로

다 알지는 못해도

당신의 사랑을
다 알지는 못해도
내가 캄캄한 어둠 속을 헤맬 때
내 손 꼬옥 잡아 준 이
당신임을 압니다

당신의 사랑을
다 알지는 못해도
내가 힘겨운 삶의 짐수레
끌고 올라갈 때
뒤에서 모르게 밀어 준 이
당신임을 압니다

당신의 사랑을
다 알지는 못해도
지금 알지 못하는 그 사랑

나중에는 내가 알게 될 거라
믿어 주시는 분, 당신임을 압니다

보이지 않는 사랑

숨어 핀 꽃이라 해서
그 향기마저
감출 수 있을까요

나를 매몰차게
담금질하실 때에도

드러나지 않게 살피는
그대 마음결
내 모를 리 있을까요

숨은 꽃의 향기 바람으로 알고
보이지 않는 그대, 흐르는 사랑은
가슴으로 밀물져 드는 걸요

삶의 고비마다
두 손 잡아 주고

마음 부서져 내릴 때마다
애틋하게 어루만져 주는
사랑의 그 숨은 손길을

고백

알 수 없는 길을 가자니
때론 주춤거리고
망설이기도 했습니다

당신을 사랑한다고 고백하면서도
힘이 들 땐 주저앉아
뒤를 돌아보기도 했습니다

내가 몰래 눈물을 훔칠 때
숨어서 바라보며 흘렸을
당신의 눈물을 생각합니다

이 아픔을 지나 꽃 피우고
열매 맺을 때를 믿고 기다려 주시는
나의 당신이시여!

죽는 날까지 후회는 없습니다

빛의 이유

고운 당신을 비추려고
오늘도 해가 뜹니다

사랑하며
믿고
희망하는 당신을
어여삐 바라보다

깊은 밤에도
당신을 살피려고
빛의 눈망울들
남았습니다

사랑의 마중물

영혼의 샘
그 깊은 곳에서 솟아나는
가장 맑은 기도가
사랑이라면

나는 영원히 마르지 않는
샘물이 되어

누군가에게 나도
사랑의 마중물이
되었으면 좋겠다

사랑을 그리다

성호를 처음 배우는 사람처럼
성부와 성자와… 하다가
멈추어 서 있네

울컥이면서
뜨거워지는 이 몸짓

지금 나는
내 몸에 무엇을 그리고 있는가?

사랑도 구름같이

구름 흘러 흘러
모양 바뀌어도
그 하늘 구름이듯

사랑도 구름같이
흘러 흘러
그 모양 바뀌어도

속으로는
여전한
그 사랑이네

사랑이 오는 것을

사랑이 오는 것을
누가 막을 수 있을까요

들판 가득 물들이는
가을볕을 막을 수 없듯

바람 따라 구름 따라
흘러가는 저 강물

그 강가에 하얗게 둘러 핀
갈대꽃의 사랑 노래를
누가 막을 수 있을까요

가을볕에 노랗게 무르익은
낟알들의 눈물 어린 노래를
누가 또 막을 수 있을까요

사랑에게

나
사랑에게 바라는
오직 한 가지 있다면

당신 눈 속에
오래도록
머무는 것입니다

이 몸은 당신 붓이니

온 세상 아우르며
큰 그림을 그리시는 분
당신이시며

이 몸은 당신의 붓
한 오라기 붓털입니다

당신이 그리고자 하시는 결대로
이 몸 거스르지 않으니

당신 손과 하나 되어
말없이 따를 뿐
붓이 무엇을 두려워하리이까?

이 몸은 당신 붓이니
오직 당신 뜻대로만 써 주소서

주님 보시고

주님께 그동안 써 놓은
내 삶을 들고 가
평을 좀 해 주세요, 청했더니

남의 이야기 말고
세상에 하나뿐인
내 이야기를 쓰라고 하신다

잘 쓰려고 꾸미지도 말고
있는 그대로 쓰면 되는 거라고

처음부터 잘 쓰는 사람 없고
쓰고 또 쓰다 보면
어느새 잘 쓰게 되느니

오로지 끝 날까지
삶을 놓지만 말아라, 하신다

좋은 님이 오시는 밤엔

좋은 님이 오시는 밤엔
벌들이 만든 향초를 켜겠습니다
이 한 자루의 촛불이
세상 어둠을 다 걷을 수는 없겠지만
사랑이 길을 잃지 않도록
어두운 한 모퉁이
밝힐 수는 있을 테니까요

좋은 님이 오시는 밤엔
함박눈이 펑펑 내렸으면 좋겠습니다
새하얗게 내리는 눈이
세상이 그어 놓은 모든 선들을
다 지울 수는 없겠지만
날카로운 모서리를
둥그렇게 덮어 줄 순 있을 테니까요

흔들면 흔들수록

매서운 바람이 온종일
쉬지 않고 흔들어댑니다

가지째 꺾여 생으로 떨어진 잎들
수북이 쌓였고요
아픈 잎들이 내뿜던 신음 소리와
아리게 번지던 상처의 냄새를
뿌리는 온몸 저미도록
기억하겠지요

그러나 바람이 거세게
흔들면 흔들수록
아래로, 아래로
파고드는 나의 뿌리

그분 향한 나의 뿌리는
더욱 굳세어진다는 걸
바람은 알까요

창과 방패

나를 세상으로 보내실 때
그분은 내게
창과 방패를 주셨습니다

세상의 그 어떤 것이라도
이겨 낼 수 있는 창 하나와

세상의 그 무엇이라도
막아 낼 수 있는 방패 하나를

그분이 내게 주신 창은
사랑입니다

그분이 내게 주신 방패도
사랑입니다

2부

5월, 숲에서

5월, 숲에서

숲길을 따라 들어가면
당신의 휘파람 같은
새들의 노랫소리 들리고

수수꽃다리 향내는
당신을 미치도록
그리게 하는
5월입니다

숲속으로 달음질쳐 가는
다람쥐의 꼬리처럼
당신은 영영
자취를 감추시나 했더니

걸음
걸음마다

당신의 필체로 피어난
봄꽃 편지 가득합니다

네가 있어 봄이야!

네가 있어 봄이야! 하고
누군가 내게
가만 속삭여 주면

내 안의 봄망울들은
설레임으로 깨어납니다

피우려,
피워 보려 하다가 말
고 수줍은 것들이

발그레한 웃음 띠며
내 안이 환해지도록
꽃 피어납니다

네가 있어 봄이야! 하고
누군가 내게
살며시 눈짓해 주면

꽃씨를 깨우는 건

잠자는 꽃씨를
깨우는 건
따뜻한 봄의
말 한마디일 거야

꽃물 기도

꽃잎 벙글어 가듯
모르게

나의 살과 피는
그분의 살과 피로

아무도 모르게
조금씩 조금씩

새살 돋아나고
꽃물이 들어

그분의 향기로
피어나게 하소서

꽃이라고

꽃이라고
언제나 웃는 건 아닐 거야

남몰래 눈물 닦고
한숨 대신
긴 호흡으로
한 번 더
웃어 볼 뿐

꽃이라고
언제나 웃는 건 아닐 거야

꽃 중의 꽃

꽃 중의 꽃은
울지 않는 꽃이 아니라
울다가도 다시 웃고
웃다가도 다시 우는
그대 닮은 꽃입니다

다시, 꽃씨를

꽃처럼 살기
참, 어렵네요

꽃의 눈으로 바라보고
꽃의 향기로 말하고
꽃의 몸짓으로 다가가려 해도
마음 뜰 안에
작은 꽃 한 송이 피워 내는 일이
너무도 어려워

오늘
내 눈빛 곱지 못했네요
향기로운 꽃의 말
한 송이도 건네지 못하고
꽃처럼 다가가
그 누구도 보듬지 못했네요

내일은 일찍 일어나
마른 뜰에 물을 주고
다시, 꽃씨를 심어야겠어요

봄 햇살에 꽃망울 터지듯

살아 있음에 감사
살아 있음에 감사
여기 살아 있음에 감사
감사드리네

그대 있음에 감사
그대 있음에 감사
그대 여기 있음에 감사
감사드리네

봄 햇살에 꽃망울 터지듯
내 입에서
찬미의 노래 흘러넘칠 때
난 알게 된다네

이미 내 안에
씨앗처럼 뿌려 두신

그대 선물 있었음을
그대 축복 있었음을

봄날 저녁

저녁 햇살 고우니
발걸음은 늦춰지고
사뿐사뿐
마음도 걸음이 예뻐지는
봄날 저녁입니다

숨결 고운 바람이
흘러내린 내 머리카락을
매만져 주면
아!
당신의 손길인 줄
그제야 알게 되는
봄날 저녁입니다

봄빛 아래

봄빛 아래
아무 거리낌 없이
피고
지고
나는
꽃잎들처럼

봄빛 안에서
사랑하고
피우고
노닐다가

당신 손짓하시면
꽃잎처럼 날아
그리 오너라
하시네

봄이 오기 전에

가는 사람 마음은 가볍게
오는 사람 마음은 환하게

나는 봄이 오기 전에
이런 사랑을 배울 수 있을까

가는 겨울은 뒤돌아보지 않고
오는 봄은 망설임이 없는데

보시니 좋더라

네가 어디에 있든
그곳은 나의 꽃밭
너는 내가 아끼며 돌보는
소중한 꽃송이다

바람 따라 나부끼는
너의 몸짓이 좋다
너의 웃음이 좋다
바람결 너만의 향기가
나는 참 좋다

네가 있는 이 세상이
참 좋기도, 좋구나

봄 까치꽃

당신이 오신다기에
맨발로 나왔습니다

단 하루를
피었다 져도

당신을 만났으니
아쉬움 없습니다

봄날

꽃은 피어 좋고
피려고만 해도 좋고
지는 것도 좋아라
꽃만이겠는가

봄

모두가 잠든 밤
까치발로 오신 대도 알 수 있어요
지나신 곳마다 찍혀 있는
연둣빛 발자국을 보면

모진 겨울
혼자 지나오지 않은 걸 알 수 있어요
당신이 머무셨던 자리마다
싱그러운 향내 배어 있는 걸 보면

어미 닭이 알을 품듯
겨우내 품어 주신 걸 알 수 있어요
솜털 달고 뾰족뾰족 부리 내미는
노오란 새싹을 보면

봄비

맑게 사랑하기
너무도 어려워
비가 내린다

뿌연 마음가에
기도처럼
비가 내린다

풀리는 봄

마음이 풀리면
봄이다

한겨울 꽁꽁 얼었던
날이 풀려야
봄이듯

사람과 사람 사이
언 마음 녹아내리고

엉켜 있던 마음 실타래
풀리면 봄이다

술술 풀려 마음마다
가벼이 꽃잎 날고

향기 풀풀 날리어
꽃나비 춤추듯 너울거리면
봄이다

풀꽃의 노래

길섶에 비켜나 있는
흔하고 보잘것없는
풀꽃인 줄만 알았습니다

모두가 나를 풀이라 할 때
꽃이라 해 준
당신을 알기 전에는

모두가 나를 스쳐 갈 때
눈여겨봐 주고
모두가 나를 잊을 때
기억해 주는
당신을 알기 전에는

당신의 사랑 안에서
바람에 날리는
나의 향기는

이제
그 무엇이라 불리어도 좋을
노래가 됩니다

사순절

미세먼지 짙게 날리는 날엔
집 안에 가만있는 게 좋을 일이지만
꼭 나가야 할 일이 있다면
미세먼지용 마스크와 보호경도
챙겨야 한다는 것을
알 만한 사람들은 다 안다

사순절 내내 마음 안에서 날릴
미세먼지 예보를 들었지만
보호경은커녕 마스크 한 장 없이
먼 길을 나서고 말았다

금세 눈을 흐리게 하고
코와 입으로 드나드는 먼지 같은 말들
깨끗하지 못한 생각들
내 숨구멍을 타고 들어와
온몸 가누지 못하게 한다

기도라는 보호경과 마스크 없이는

단 한 걸음도 뗄 수 없는

뿌연한 이때

선물

잠에서 깨어 보니 선물이 와 있습니다

참 맑은 아침입니다
마음에 끼었던 때가 다 씻긴 듯 개운합니다

참 밝은 아침입니다
마음 어둡게 가리웠던 구름이 걷힌 듯합니다

나도 모르게 흥얼흥얼 콧노래가 나옵니다
내 안의 아이가 그동안 소리 낮춰 부른
들리지 않던 그 노래입니다

나도 모르게 자꾸만 웃음이 번집니다
특별히 좋은 일이 있는 것은 아닙니다
그저 마음이 가벼워졌을 뿐

사랑의 말들이 튀어나옵니다
내가 사랑스럽게 여겨지니
보이는 모든 것들이
다 사랑스럽습니다

작은 꽃 소망

왜 하필이면 이토록 팍팍한
야생의 들판에서 제가
뿌리를 내려야만 하느냐고
따져 물을 수는 없었습니다
가시밭길 먼저 가신 당신 앞에서

당신이 사랑임을 알았을 때
당신을 따를 것인지, 말 것인지
울면서 따를 것인지
웃으며 따를 것인지는
저의 몫이었기에

당신 가시는 곳이라면
어디에서든 저 꽃 피우렵니다
작은 꽃잎 바람에 날려가도
당신을 기억하며
당신의 향기로 피어나렵니다

내 마음속에는

내 마음속에는
흐르는 개울물 있네
낮은 데서 속삭이는
사랑의 목소리 따라
끝없이 흐르고 싶은 개울물 있네

내 마음속에는
파닥이는 작은 새 있네
하늘 길 열어 놓고
사랑이 손짓하는 곳으로
끝없이 날고 싶은 작은 새 있네

내 마음속에는
움트는 꽃순이 있네
온 세상 들판 가득
그분의 향기로 피어나
꽃씨를 날리고 싶은 꽃순이 있네

에덴에서

새는 바람을 움켜쥐지 않고
꽃은 향기를 미루지 않는다

구름은 제 모양을 고집하지 않으며
비와 햇살은 동산에 고루 내린다

3부

감이 익어 갈 즈음

감이 익어 갈 즈음

감이 익어 갈 즈음이면
내 안에도
가을이 들기를 꿈꿉니다

가지마다 매달린
여물지 않은 생각들로
오랜 밤을 뒤척이고

사뭇 떫기만 한 시간 안에서
궁굴리지 못해 애태우던
설익은 나날들

지나와 되돌아보면
부끄러움에 얼굴 붉어져
고개 들 수도 없지만

나의 마지막 생각을
기억해 주시고
열매를 허락하신다면

내 안의 가을도
주홍빛 감으로
물들기를 꿈꿉니다

내가 사과라면

내가 사과라면
잎이 얼마 남지 않은 나뭇가지 위
나중 가을걷이를 기다리는
설익은 사과일 거예요

지난날 되돌아보면
흙바람 일 때마다
나 눈 흘겼고
불볕 내릴 때마다
나 투덜거렸으며
빗줄기 퍼부을 때마다
나 몸부림쳤으니까요

이제 내게 남은 시간은
바람을 기꺼이 안을래요
햇볕을 기꺼이 담을래요
빗줄기를 기꺼이 받을래요

늦은 가을엔

주시는 모든 것을 기꺼이 받아

잘 익은 사과가 될래요

가을에

올가을엔
더 욕심부리지 않고
받은 만큼 내어주는 사람이게 하소서

가을 잎 곱게 물든 나무는
이제 한 잎, 또 한 잎
내려놓을 때라고

거저 받은 모든 것
아쉬움 없이 내려놓을 때라고

그동안 내가 받은 것들 헤아려 보니
거저 받지 않은 것 하나 없는데

이 가을에도
부끄러움 모르고
내밀기만 하는 나의 두 손

이제 그만 내려놓게 하시고
거저 받은 모든 것
되돌려주는 사람이게 하소서

가을

티끌 없이 다가오는
당신이 좋습니다

파란 하늘 가득 담은
넓은 품이 참 좋습니다

그대의 향기로
지나는 바람은

드러나지 않게 남기고 가는
사랑의 자취이기에

아무것도 바라지 않는 사랑
그, 자유로운 기쁨을
내게 말해 줍니다

가을의 약속

가을은 언제나 뒷걸음으로 멀어진다
아득하게 보일 때까지
뒤돌아서서 가지 않는다
사랑이 내게 그러했던 것처럼

감나무에 까치밥으로 남아 있는
홍시는 한마음으로 붉고
다람쥐가 숨겨 놓고 잊어버린
도토리 알들 속엔

다시 만날 약속의 말들이 들어 있다
사랑이 내게 남겨준 그 약속처럼

고추와 벌레

햇볕 따가운 가을마당에
이리 뒹굴 저리 뒹굴
매운 내 피우던
빨간 고추가

초록 물 고추 때부터
제 몸에
품고 있던
고추 벌레

고물고물
꼼실거리다
고추 고르는
할머니 눈에 띨까 봐

벌레 몸에
빨간 물 들여 놓고는

가물가물 그제야
가을잠 든다

까치밥

바람 잘 날 없는 가지 끝에서
한시도 정신 줄을 놓을 수는 없었으리

꽃단장 마다할 여인이 어디 있을까마는
절박하게 살아 내야 할 몫이 있어

별도 달도 없이 홀로 가는 밤길
눈꺼풀로 두 눈 등불 돋우며
어둠을 밝혔으리라

지푸라기도 희망이 될 수 있더라고
가지 하나 붙잡고 끈질기게 살아 낸
끝물 홍시 같은 어머니

자신의 속살까지 다 내주고
여린 생명 높이 들어올리는
저 서리 맞은 까치밥 하나가

막막한 하늘 끝자리
거역할 수 없는 희망으로
끝끝내 솟아오르게 하는구나

목백일홍

내 안에서만 웅얼거리다
세상 밖으로 나오지 못할
벙어리 말들일 것을

귀담아 들어 주고
북돋우며 싹 틔워
꽃 피어나게 하신 당신을

사랑이라 고백하고서야
닫혀 있던 저의 말문이
비로소 열립니다

어눌한 말들이 갓 피워 낸
볼품없는 송이, 송이지만
눈여겨 바라보는 당신 있기에

한 송이, 또 한 송이
백날을 끊이지 않고 피어
당신의 사랑을 노래하렵니다

새가 되고 싶다

새가 되고 싶다
열린 하늘 거침없이 나는
새가 되고 싶다

지난 일은 그분의 자비에
내일 일은 그분의 섭리에
모두 맡기고

파란 하늘가
마음껏 나는
새가 되고 싶다

은총

천둥과 번개가
사랑을 하고

비가 내리고

내 안에
가을이 왔다

연리지

마음속 깊이
누군가를 사랑하면
모르는 사이
그 사람을 닮아 가요

눈빛을 닮고
말씨를 닮고
그 사람의 몸짓과
마음씨도 닮아 가요
두 그루 한 나무같이

봄의 연한 잎사귀
햇빛에 반짝이듯 서로를 바라보며

여름날 가지마다
짙은 사랑의 말들로 잎을 키워 가요

가을엔 무르익은 열매를 내려놓듯
아낌없이 내어주고

겨울로 가는 길에선
빈 가지 내밀어 서로를 꼬옥 감싸 안아요
두 그루 한 나무같이

제대 앞에서

제대 앞에 놓여
곱게 마르는
노란 산국화

잘린 가지마다
맺혔을
네 핏방울들

홀로 몸부림치며
견뎌 온 시간을
서로 어루만지네

뜻 모를 아픔도
받아 안으면
봉헌이 되는지

마른 향기
거룩하게 번져 가는
산국을 보면

보물찾기

눈에 보이는 곳에 있지는 않지만
숨겨진 보물은
아주 가까운 곳에 있었어요

썩은 나뭇잎에 덮여 있기도 했고

돌부리에 걸려 넘어진
웅덩이 안에도 있었으며

다람쥐 드나드는 나무등치
뚫린 구멍 속을 더듬어 보다
살갗이 벗겨진 거기에도 있었어요

도무지 있을 것 같지 않은 곳
보물은 그런 곳에
꼭꼭 숨겨져 있었고

지금도 나는
보물찾기 놀이에 한창입니다

날마다 마지막 날같이

오늘 이 시간이
내게 주어진
마지막 시간인 줄 안다면

지나는 바람에게
다정한 손짓으로 인사할 텐데

길가의 꽃 한 송이에게
따듯한 눈짓으로 인사할 텐데

오늘 만나는 모든 인연에 드리는
눈물겨운 인사
잊지는 않을 텐데

날마다 마지막 날같이 산다면

사랑이 아닌 것은 모두 사라지고
오직 사랑만이 남을 텐데

나라는 것

천지만물을 내신
그 크신 분이
내 안에 계시면
나는 별것이 되고요
아니 계시면
나는 별것도 아니고요

그릇은 행복하다

큰 그릇은 큰 그릇대로
작은 그릇은 작은 그릇대로

무엇을 담든
얼마만큼을 담든

제 그릇에 맞게
담아내면
그만이다

요강단지면 어떻고
쓰레기통이면 어떤가

부르시는 곳에서
제 몫을 다했으면
그것으로
그릇은 행복하다

내 하늘 위에서

저 막막한 하늘 끝자리 보고 있으면
어디를 향해 가야 할지 몰라
한 걸음도 옮길 수 없기에

나는 내 하늘만큼만 올려다보며
오늘 갈 수 있는
내 길을 걸어가련다

그리고 그 길에서
내가 만나는 모든 이들에게
사랑의 인사를 잊지는 말아야지

내 하늘 위에서
나를 바라보시는
그분의 미소를 떠올리며

빨랫줄

파란 하늘 멀리
구름 저편으로 사라진
햇살,
기다립니다

시간의 바람
더디어도

구름 사이 다리 놓고
건너오실 님의 옷자락
보일락 말락 하여

이제나저제나
출러엉 출렁
마음 흔들립니다

마음속 거울 앞에 앉아

참 좋은 글
참 좋은 그림
참 좋은 노래를 만나면
누구의 작품인지
그분은 어떤 분인지
알고만 싶은데

오늘은
내 마음속 거울 앞에 앉아
나는 누구의 작품인지
그분은 어떤 분인지
자꾸만 알고 싶어진다

길 위의 별

내 소망의 별들이
오늘
부서져 내릴지라도

나는 부서진 별 조각을
부싯돌 삼아

캄캄한 어둠 속
길 위의 별이 되리라

별빛

새벽일 마치고
바라보는 하늘엔

다리를 절며 가는
별 하나 있다

절룩거릴 때마다
흔들리며 빛을 내는 저 별

얼마나 많은 밤을
홀로 일으켜 세우며
만들어진 결이기에

너는 이토록
빛이 나는 것일까

우리들의 빛

우리들의 빛은
어둠 속에서 두려워하지 않고
비바람 속에서도 꺼지지 않는
하늘에 맞닿은 빛입니다

우리들의 빛은
순간 타올랐다가 꺼지지 않고
은근하게 이어 가는
오래된 연인의 눈빛 같은 빛입니다

우리들의 빛은
죽음 그 너머를 비추기에
언제까지나 믿고 바라며
사랑이 그치지 않는
영원한 빛입니다

하나, 하나

우리는 저마다 하나이지만
결코 혼자가 아니다

거대한 그물을 이루는
하나, 하나의 그물코처럼

한 방울, 한 방울의 물이 모여
큰 흐름을 만들고

한 사람, 한 사람의 아우성이 모여
우렁찬 함성이 된다

한 사람, 한 사람의 기도가 모여
하늘의 문이 열리고

한 사람, 한 사람의 선한 눈빛이 모여
밤하늘 길 밝히는 별 등불이 된다

하나, 하나 안에 깃든
그 크신 사랑으로 인하여

하늘 달맞이

눈물은 눈물을 닦아 주는
손수건이다

밤새 내린 빗속에서
바람 속에서
우리는 더 단단해지고
우리는 더 따뜻해졌다

어둠 속에서 우리가 배운 것은
두려움이 아니라
빛의 소중함이었기에

비는 그치고
아침 햇살 참 곱다

4부

엄마를 부르는 날

엄마를 부르는 날

당신을
엄마! 하고
부르는 날은
눈물이 먼저 나옵니다

당신 앞에서
아무 말도 못 하고
그냥

엄마!
엄마!
불러 가며
눈물만 펑펑 쏟아냅니다

엄마, 하늘 엄마!
머리카락 하얗게 세도

저는 당신을 못 떠나는
영영 아이인가 봅니다

엄마는

자기 심지를 태우지 않고
빛이 될 수 있을까

버스비 아낀다고
아홉 정거장을 걸어 걸어
딸네 오신 등 굽은 엄마
무거운 등짐이 축축하다

이 더운 날 이러다 쓰러진다 해도
수박이 두 통에 만 원 싸길래 샀다며
하나는 집에 두고
하나만 가져왔노라 하시며
웃어 젖히는 우리 엄마

남은 심지가 얼마 남지도 않았으련만
알기는 아는 걸까

저리도 환하게 웃기만 하는
엄마는

어머니 얼굴

자기의 얼굴은 자기가 만든다지만
어머니의 얼굴은
자식이 만드는가 봅니다

곱고 때 하나 묻지 않았던 그 얼굴에
깊은 주름 새겨 드렸고
거죽뿐인 두 눈엔
웃음보다 눈물을 더 많이 드렸습니다

자식의 아픔을 대신 받으며
일그러진 어머니 얼굴
자식의 슬픔을 대신 받으며
뭉그러진 어머니 얼굴

혹여 어머니 얼굴에
죄가 보이시거든 그 죗값은
이 못난 자식에게 물으소서

아버지와 잔치

아버지가 잔치를 벌이면
자녀는 시중을 듭니다

집 안 청소하고
음식 나르고
상 치우고

좋은 자리, 좋은 음식은
잔치가 끝날 때까지
손님 몫입니다

아버지가 주인이면
자녀도 주인이기 때문입니다

이 세상은
아버지가 벌이는 잔치 같습니다

아픔이 올 때

내 힘으로 어찌할 수 없는
아픔이 올 때는
그저 가만히 있어 봅니다

아무 생각도 없이
지나는 바람에
나를 맡기고
그저 가만히만

바람 지나고 나면
알게 되겠지요

내가 놓아야 할 것과
내가 간직해야 할 것이
무엇인지를

그리고
여전히 나는 여기
내 모습 그대로라는 것을

어머니 글씨체

명절 쇠고 열흘
딸 살림 걱정에 어머니는
내가 드린 세뱃돈을
새 봉투에 담고
봉투 겉장에 삐뚤어진 글씨로
이 한 줄 적어 놓고 가셨다

사랑한다 복 마니 받고 건강해라

억장이 무너져 내리는
우리 어머니 글씨체,
다시 솟아나라는
어머니 글씨체

할미꽃

죽어서야 허리를 펴는 꽃

평생을 허리 구부린 채
자식 위해
종종걸음 치다가

꽃잎 다 시들어 떨어지면
그제야
꼿꼿이 허리 펴고

휴우!
하늘 한 번 바라보는 꽃

지우개 똥

결이 곱지 않게
살아진 날은

때같이 굵은
지우개 똥으로
마음 가득하다

고르고 예쁘게
써 보고 싶어서
지우고 또 지우다가

닳고 해져 버린
마음의 공책

그 위에
수북하게 쌓인
지우개 똥

저녁 발걸음

저녁 무렵
집으로 돌아올 때면

고마운 마음 하나와
미안한 마음 하나가
나란히 따라온다

내게 오늘을 선물로 주신 분께
고맙고
내가 그 선물에 보답을 못 해 드려
미안하고

그래서
저녁 발걸음은
뭉클하다

친구

발에 잘 맞는 신발처럼
편안한 사람을
친구라 부르고 싶네

몸에 잘 맞는 옷처럼
어울리는 사람을
가까이 하고 싶네

차를 오래도록
같이 마시고 싶은 사람

같이 웃다가 울고
울다가 웃어도
부끄러울 것 없는 사람

보내 놓고 나서도
마음이 따라가는
그런 사람이네

촛불 앞에 앉아

몸에 햇빛을 쬐이듯
밤에는 촛불 앞에 앉아
마음에도 빛을 쬐입니다

온종일 비에 젖은
마음 말리고

차갑게 얼어붙은
마음 녹이려고

그분 앞에 앉아
영혼의 속살 다 드러내 놓고
사랑의 불을 쬐입니다

허물을 딛고

살아가면서 허물이 없기를
바라진 않아요
걸음마를 배우는 아이처럼
걷다가 넘어지는 일은
창피한 게 아니니까요

살아오면서 지은 허물을
다 헤아릴 순 없지만
감추진 않아요

감추면 감출수록
더 크고 무거워져
사랑의 길을 따라가기
어려우니까요

하늘 길

생의 막다른 곳
낭떠러지도 길이었다

내 힘을 놓아야
비로소 열리는 그분의 길

길이 되리라고는
전혀 생각 못 했던
하늘 길

또 다른 생을 이어 놓는
길이 거기 있었다

너는 알고 있다

너는 알고 있다
네가 가야 할 길을,
가지 않을 뿐

너는 알고 있다
네가 해야 할 일을,
하지 않을 뿐

너는 알고 있다
네가 할 수 있다는 것을,
지금 망설이지만 않는다면

가끔은 나도

참다가 참다가
마음이 너무 아파
그만 견딜 수 없는 날엔

당신이 허락하시는지 묻지 않고
그냥 나를 위해
마음껏 투정을 부릴래요

"나도 힘들다"고

언제나 다른 이의 편만 들었더니
어느 날 문득
내 안의 내가
나를 쳐다보지도 않고
토라져 말도 안 해요

가끔은 나도
내 안의 내 편이 되어 줄래요

"애 많이 썼다" 하고

나의 길

지금 여기,
이 길에 들어서기까지
거쳐 온 그 많은 길들이
다 내 길이었다

벼랑길도 길이었고
파도 일렁이던 물길도
내 길이었음을

숨 가쁘게 지나왔던 길
그리고 앞으로 가야 할
나의 길들 앞에
꿇어 입을 맞춘다

여기서부터는 나도
맨발이고 싶다

길에서

나는 타고난 길치다
그래서 놀림거리가 되기도 하지만
그러면 좀 어떤가
가야 할 길과 가지 말아야 할 길을 알고
조금 늦더라도 끝까지 갈 수만 있다면

나는 길에서 잘 넘어진다
그래서 웃음거리가 되기도 하지만
그러면 또 어떤가
내가 가는 길 부끄러움 없이
다시 일어나 걸어갈 수만 있다면

나는 오늘도 길을 따라간다
님 걸어가신 그 길을
헤매이면 좀 어떤가
넘어지면 또 어떤가
그 길에서 님을 만날 수만 있다면

미안한 마음이 든다

날이 저물면
나를 따라
집으로 들어오는
나의 손
나의 발

거칠어진 손으로
부르튼 발을 씻으면서

나는 손에게
또 발에게
미안한 마음이 든다

사랑의 일을 하지도 않고
거칠어지게만 한
내 손에게

사랑의 길을 가지도 않고
부르트게만 한
내 발에게

나는 오늘

나는 오늘, 나를 웃게 할 수 있네
　　　울게 할 수도 있네

나는 오늘, 나를 멈추게 할 수 있네
　　　달리게 할 수도 있네

나는 오늘, 나를 깍듯이 대할 수 있네
　　　하찮게 대할 수도 있네

나는 오늘, 나를 북돋워 줄 수 있네
　　　부끄러워 할 수도 있네

나는 오늘, 나에게 사랑한다고 말할 수 있네
　　　아무 말 하지 않을 수도 있네

미소는

미소는
캄캄했던 내 안에
불이 켜졌다는 것

지금 내 안에
그분이 머무신다는 것이며

감실 안의 불빛처럼
내 안에서도

은은하게 번져 나오는
그분의 빛입니다

부끄러워

주머니 속 헌금을
몇 번이나 만지작거리다가
생활비 몫으로
얼마를 떼어 놓은 날인데

하필이면 그런 날
과부의 렙톤 두 닢을
귀하게 보시는 그분을
복음에서 만나게 됩니다

부끄러워,
고개를 들 수가 없었습니다

식사 후 기도를 바치다가

전능하신 하느님
저희에게 베풀어 주신
모든 은혜에…

기도문이 막혀 버린다
울컥하고 치솟는 울음에

그동안
일용할 양식을 거르지 않고
꼬박꼬박 내려주신 당신 은혜를
당연하게 받고 살았습니다

정말, 죄송합니다
정말, 고맙습니다

사랑하시는 제자

살아 있는 말씀 안에서
그분이 사랑하신 제자는
당신입니다

그분 품에 기대 앉아
사랑을 주고받았던 그 사람,

마지막 가시는 그 길까지
따랐던 그 사람,

그분을 가장 먼저 알아보고
그분의 어머니를
자신의 어머니로 모신 사람은
바로, 당신입니다

그분의 사랑은
우리에게 열려 있으며

그 사랑, 우리 곁에
영원히 살아 있을 것이므로

우리가 여기 있다는 것은

우리가 여기 있다는 것은
결코 우연한 일이 아닙니다

밤하늘에 빛나는
수많은 별들의 두근거림으로
하나 된 약속이 없었더라면

넓고 깊은 바닷속
작은 물방울들의 떨림으로
하나 된 노래가 없었더라면

땅 위에 깃든 뭇 생명들의
기쁨에 찬 눈망울마다 번지던
축복의 인사가 없었더라면

결코 있을 수 없는

우리가 여기 있다는 것은
뜨겁게 가슴 벅차오르는
사랑의 일이었기 때문입니다

아름다움을 말하는 사람은

사랑이 보이지 않을 때에도
사랑을 믿는 사람은
사랑은 아름답다! 말할 수 있습니다

아픔을 지난 자리
더 곱게 깃드는 사랑을 알며
사랑이 어디에서 왔는지를 알기에
그 사랑을 누구한테도
빼앗기지 않는 사람입니다

삶의 길이 보이지 않을 때에도
삶을 믿는 사람은
삶은 아름답다! 말할 수 있습니다

시련을 지난 자리
더 단단하게 깃드는 기쁨을 알며
기쁨이 어디에서 왔는지를 알기에

그 기쁨을 누구한테도

빼앗기지 않는 사람입니다

오늘도 제가

오늘도 제가
눈 뜨고 바라보는 하늘을
당연하게 여기지 않기를

오늘도 제가
삼시 세끼 누리는 양식을
당연하게 받지 않기를

오늘도 제가
하루 일을 마치고 잠자리에
당연하게 들지 않기를

이 모든 것에
감사하는 마음도 없이

사랑의 약속을 다 못 한
부끄러운 마음도 없이

하늘 향기 더듬어

ⓒ 박은숙, 2024

초판 1쇄 발행 2024년 3월 5일

지은이   박은숙
펴낸이   이기봉
편집   좋은땅 편집팀
펴낸곳   도서출판 좋은땅
주소   서울특별시 마포구 양화로12길 26 지월드빌딩 (서교동 395-7)
전화   02)374-8616~7
팩스   02)374-8614
이메일   gworldbook@naver.com
홈페이지 www.g-world.co.kr

ISBN   979-11-388-2820-8 (03810)